petit roman

Frédéric Kessler
Illustrations de Mademoiselle Georgette

LA BATAILLE DES CABANES

RAGEOT

ISBN : 978-2-7002-3503-6
ISSN : 1965-8370

La cabane des garçons

– **Nicolas, tu vas trop vite !** me dit Victor essoufflé.

Je lève un bras pour faire signe aux copains qui marchent à la queue leu leu derrière moi de s'arrêter. Puis, sans me retourner, je chuchote :

– Tout le monde est là ?

– Oui chef ! hurlent Victor et Florian.

– Pas si fort, on va se faire repérer.

Soudain, Florian s'arrête près d'un chêne.

– Venez voir !

Il ramasse une feuille d'arbre tachée d'éclaboussures roses.

– On dirait de la peinture, fait Victor.

– Pas du tout ! répond Florian à son petit frère. C'est du sang de fille.

Il passe son index sur une des taches visqueuses, le frotte sur son pouce comme font les policiers dans les films...

– Tout le monde sait que le sang des filles est rose bonbon, ajoute-t-il.

Puis le commissaire Florian 
nous déclare :

– Grâce à cet indice, je déduis qu'une fille est venue nous espionner. Elle a été attaquée par un loup. En cherchant bien, on devrait retrouver ses baskets, car tout le monde sait que les loups ne digèrent pas les baskets de fille.

– N'importe quoi ! En route ! j'ordonne, en recommençant à marcher.

En quelques enjambées, nous arrivons devant une pancarte à tête de mort.

Elle avertit les intrus qu'ils entrent sur notre territoire. De là nous apercevons notre cabane. Victor et Florian s'arrêtent net, l'aîné pâlit, son petit frère se met à sangloter et moi je suis horrifié.

– C'est dégoûtant, dit Victor.

– Ça me donne envie de vomir, poursuit Florian.

Notre cabane a été repeinte en rose bonbon. Sur la porte, il y a un gros cœur colorié en rouge avec écrit dedans couleur or : « Love ». Florian se précipite, pousse la porte, entre et ressort immédiatement en se pinçant le nez.

– Beurk, ça pue trop là-dedans !

J'entre à mon tour. Et ce que je découvre est pire encore que le pire que je craignais. C'est une infection. Par terre, il y a une bouteille de parfum vide.

Notre collection de Big Jim a été maquillée avec du rouge sur les joues et la bouche puis habillée avec des vêtements de Barbie.

Au fond de la cabane, le gros T. rex en plastique est installé dans une poussette.

Le squelette pendu au plafond que Florian a trouvé dans le grenier de son grand-père porte un tutu rose et des chaussons de danse roses aussi. Entre ses dents, il y a une feuille de papier rose encore sur laquelle est écrit :

Chers ennemis, voilà ce qu'il en coûte de venir dans notre cabane pendant que nous n'y sommes pas pour décoiffer nos chères poupées mannequin.

Camille, Louise et Inès

La cabane des filles

Je rentre dans la cabane et je me plante devant Inès et Louise.

– Alors Camille, raconte ! font mes deux copines impatientes de savoir.

Je montre du doigt la grande aiguille rose de l'horloge rose accrochée au mur rose de notre cabane rose et je déclare :

– Il est quatre heures, je vous dirai tout ce que j'ai vu et entendu pendant le goûter.

Chacune sort ce qu'elle a apporté dans son sac rose et le pose sur la table rose. Dans notre cabane, tout est rose, c'est la règle. Le rouge baiser est toléré ainsi que le jaune poussin et le vert tendre. Mais le bleu est strictement interdit !

Pendant que Louise découpe chaque goûter en trois pour que tout le monde goûte à tout, Inès la plus impatiente des filles de l'univers trépigne :

– Alors ! Raconte !

Je croque un carré de chocolat, et je commence.

– Je me suis cachée derrière le grand rocher qui est près de la cabane des garçons et j'ai attendu qu'ils reviennent.

– Stop ! coupe Louise, la fille la mieux élevée de toute l'école.

– Quoi encore ? demande Inès agacée.

– On ne parle pas la bouche pleine !

Inès fusille Louise du regard et je reprends mon récit, la bouche encore pleine de chocolat, après avoir ajouté sept Chamallows roses d'un coup.

Quand je décris la tête des garçons découvrant leur repaire relooké en rose, même Louise qui sourit à peine une fois par trimestre est morte de rire.

Inès lève deux doigts en l'air pour faire le « V » de la victoire.

– Nous avons gagné la guerre contre les garçons !

– À l'heure qu'il est, ils organisent sûrement une contre-attaque, je dis. Alors plutôt que de crier victoire on ferait bien de se préparer à les recevoir.

Soudain, un bruit pétaradant retentit de plus en plus fort comme si ça s'approchait, puis de moins en moins fort comme si ça s'éloignait.

– Qu'est-ce que c'est que ça ? s'inquiète Louise.

– Un bruit de moteur, et ça vient de chez les garçons, répond Inès. J'y vais, pour en avoir le cœur net.

– N'y va pas toute seule, je dis à la plus téméraire des filles du cosmos. Après la bonne surprise qu'on leur a faite, les garçons risquent d'être très énervés. Nous venons avec toi.

Opération commando

Alors que chacun s'affaire à réparer l'irréparable, Victor s'approche de moi.

– Nicolas ! J'ai entendu un bruit…

– C'est normal, je réponds. Dans notre petit bois, y a toujours du bruit, une branche qui tombe, un oiseau qui s'envole…

– Un écureuil qui pète, lance Florian.

– Une mouche qui rote, ajoute Victor.

Les frères pipi-caca me regardent, puis se tournent l'un vers l'autre et éclatent de rire.

– Chut ! je fais. Victor a raison. Le bruit semblait se diriger vers la cabane des filles. Peut-être qu'elles nous préparent encore un mauvais coup. Allons les espionner.

Puis j'ajoute :

– Florian tu viens avec moi, Victor tu gardes la cabane.

– Non ! Je vais avec vous, proteste Victor.

Florian me regarde, accablé, l'air de dire : « Oh non, pitié. Avec mon nigaud de petit frère dans les pattes, sûr qu'on va se faire prendre ! »

Victor me regarde, implorant, l'air de dire : « Laisse-moi venir, et je promets de faire très attention pour qu'on ne soit pas repérés. »

– Jure sur la tête de ta Game Boy que tu nous suivras en silence ! j'ordonne.

Victor se met à sautiller dans tous les sens en jurant sur tout ce qui compose sa caisse à jouets.

– Je le jure sur ma Game Boy, je le jure sur mes Big Jim, je le jure sur ma panoplie de Spider Man, je le jure sur ma panoplie de Spider Man 2, je le jure sur ma panoplie de Spider Man 3.

– La panoplie de Spider Man 3, tu l'as même pas ! s'exclame Florian.

– Maman me l'a promise pour mon anniversaire.

– T'as oublié de jurer sur ta Barbie Shopping, siffle le frère sournois en guettant ma réaction.

Victor devient rouge comme une tomate farcie au ketchup.

– Ben quoi ! je dis. Pour connaître l'ennemie, il faut jouer avec ses jouets !

Ketchup Boy n'en revient pas que je le sorte de ce mauvais pas, il me regarde avec des yeux ronds comme des soucoupes volantes.

Si je veux qu'il me prête une de ses douze mitraillettes à eau triple jet ou n'importe quel autre jouet qu'il ne prête jamais, c'est le moment.

Mais plutôt que de profiter de la situation, je l'attrape par la manche et je déclare :

– Allons-y, mes compagnons ! Il est temps de se mettre en route.

Le traité de paix

À peine avons-nous franchi la pancarte à tête de chaton rose avertissant les intrus qu'ils entrent sur notre territoire, qu'Inès, Louise et moi, tombons nez à nez avec l'ennemi.

– Laisse-moi faire, Camille ! chuchote Inès en se plantant devant les garçons.

Et elle lance à Nicolas, Florian et Victor, qu'elle connaît depuis la crèche :

– Qui va là ? Répondez !

– Si on te le demande, répond Victor, t'auras qu'à dire que t'en sais rien.

– Toi le binoclard à lunettes, boucle-la ! fait ma copine. Je t'ai rien demandé !

– Tu t'es regardée, grosse vache qui pue ! dit Victor en faisant un pas en arrière, car Inès, qui n'est pas une grosse vache, est très grande pour son âge et Victor très petit pour le sien.

– Bon, ça suffit vous deux ! je dis.

Puis je demande aux garçons :

– Qu'est-ce que vous faites là ?

– Et vous ? répond Florian.

– Ici, c'est le territoire des filles ! lance Inès. Alors c'est nous qui pose les questions.

– « Posons », corrige Victor bien à l'abri derrière son grand frère.

– C'est ça, fais le malin et je vais « poser » une baffe sur ta face de rat bigleux.

– Ça suffit vous deux ! je redis.

Puis je redemande :

– Qu'est-ce que vous faites là ?

Nicolas me regarde, hésite une petite seconde et répond :

– On a entendu un drôle de bruit qui venait de chez vous, alors on a décidé de vous espionner.

– Tiens tiens, comme par hasard... fait Inès.

– Tiens tiens, comme par hasard... répète Victor pour énerver Inès.

– Ça suffit vous deux ! je reredis.

Puis j'ajoute :

– Le bruit ne venait pas de chez nous et nous l'avons entendu aussi.

– Si c'est ni vous ni nous, alors c'est qui ? demande Louise.

À ces mots, le vacarme retentit à nouveau.

– Ça vient par ici, et à toute vitesse. Planquez-vous ! murmure Nicolas en plongeant derrière une énorme souche.

Il est rapidement rejoint par Inès, Louise, Florian et moi. Quant à Victor, il reste planté en travers du chemin comme s'il était foudroyé.

– Victor, reste pas à découvert ! ordonne Florian. Tu vas nous faire repérer !

En pleurant, Victor se met à quatre pattes. Il fouille le sol recouvert de feuilles mortes comme s'il avait perdu quelque chose.

– Un binoclard à lunettes sans lunettes, on aura tout vu, dit Inès qui vient de comprendre.

Puis elle retourne auprès du petit bigleux, ramasse la paire de lunettes de son ennemi juré, le prend doucement par la main et l'entraîne jusqu'à la souche pour qu'il soit à l'abri avec nous.

Un ennemi imprévu

Quatre adolescents sur deux mobylettes passent devant nous.

– Nicolas ! C'est des ados, c'est trop dangereux, replions-nous, me dit Victor en recommençant à sangloter.

– Victor a raison, fichons le camp, glapit Louise en tremblant comme une feuille.

Ils n'ont pas tout à fait tort. Des « adolescents » dans notre petit bois, c'est une catastrophe écologique. S'ils font du camping ici, dans deux jours ce sera une poubelle.

– Une horde de barbares est en train d'envahir notre territoire, déclare Louise.

– On est foutus, conclut Victor. Les Parisiens en vacances, c'est les pires.

Je ne suis pas très rassuré, mais je déclare en faisant semblant de ne pas avoir peur puisque je suis le chef des garçons :

– Suivons-les ! Il faut découvrir ce qu'ils font ici.

Camille, qui fait semblant de ne pas avoir peur puisque c'est la cheftaine des filles, m'approuve d'un hochement de tête.

– En avant, marche ! je dis en m'élançant à la poursuite des deux-roues.

Une minute plus tard, le bruit de moteurs s'arrête.

Nous nous approchons discrètement. Les envahisseurs sont en train de monter des tentes dans la clairière de notre petit bois.

– Choisissez un arbre et cachez-vous derrière, je dis tout bas.

Camille reste près de moi, Inès et Florian se faufilent derrière un vieil arbre mort, pendant que Louise et Victor, au beau milieu du chemin, se disputent à voix basse pour choisir leur cachette.

Soudain, Victor oublie de chuchoter.

– Nicolas a dit de se planquer derrière un arbre, hurle-t-il. Pas derrière un rocher.

Louise a tout juste le temps de courir se mettre à l'abri auprès de nous, que déjà deux des monstres foncent sur Victor, le soulèvent comme un fétu de paille et l'emmènent dans leur campement.

Nous restons là, tremblants de peur et incapables de réagir pour sauver notre compagnon. Heureusement, quelques minutes plus tard, il réapparaît, tout déboussolé.

– Ils m'ont traité de « sale morveux », dit Victor d'une voix tremblante.

– C'est scandaleux ! fait Louise. On n'a pas le droit de traiter un enfant comme ça.

– C'est pas tout, ajoute le petit rescapé en sanglotant. Ils ont dit qu'ils avaient vu nos cabanes en passant… qu'ils allaient les réduire en miettes si on ne leur apportait pas de quoi dîner… parce qu'ils ont la flemme d'aller faire les courses à la supérette.

– En même temps, c'est vrai que t'as la morve au nez, siffle le frère sournois.

– La ferme, ordonne Inès en sortant de sa poche un mouchoir rose qu'elle tend à Victor.

– C'est du racket, s'écrie Louise. C'est scandaleux.

– On ne va pas se laisser faire ! claironne Inès.

– Il faut prendre la fuite, glapit Victor en se mouchant.

– Réfléchissons, fait Camille calmement.

– J'ai une idée, je dis d'un air mystérieux. Retournez tous au campement des ados, et prévenez-les que nous sommes d'accord pour leur préparer à dîner.

– T'es tombé sur la tête ? me demande Inès en colère.

– Nous ne devons pas céder à ce chantage honteux ! s'exclame Louise indignée.

Je rassure mes compagnons :

– S'il vous plaît, ayez confiance en moi et tout se passera bien. Ça pourrait même être amusant.

– Et toi ? interroge Florian. Tu ne viens pas ?

– Non ! je réponds en m'élançant sur le sentier qui mène à notre ferme. J'ai quelque chose à aller chercher, je reviens dans dix minutes. Allez-y tout de suite et dites-leur que ce soir il y aura des hamburgers au menu…

La bataille du petit bois

– Tiens, voilà les morveux, fait l'un des quatre barbares en nous voyant arriver.

Victor me glisse à l'oreille :

– Tu vois Camille, celui qui parle, c'est celui qui m'a traité. Je crois bien que c'est le chef.

– On parlait de vous justement, ajoute l'ado. Et on se demandait comment on allait réduire vos cabanes en miettes.

– Pfff… un coup d'épaule et elles s'écroulent, dit l'un.

– On pourrait les aplatir comme des galettes avec un rouleau compresseur, lance un autre.

– Et si on les réduisait en bouillie ? demande un troisième.

Inès se dresse courageusement face à l'envahisseur et déclare :

– Ne touchez pas à nos maisons !

– Toi, le bébé Cadum, retourne dans ton bac à sable, lance le chef à Inès.

Victor vole au secours de son alliée :

– Inès n'est pas un bébé Cadum, elle a neuf ans et elle est très grande pour son âge.

– Dis donc rase-mottes, tu serais pas un peu amoureux !? se moque le chef.

– Faux, archifaux, répond Victor en rougissant.

– Bon, c'est pas tout ça, mais nous on commence à avoir faim. Si vous voulez pas qu'on explose tout dans vos cabanes, faut nous servir le dîner sur un plateau d'argent et plus vite que ça. Y a quoi à bouffer ?

– Des hamburgers, je réponds comme convenu avec Nicolas.

À cet instant précis, des pas lourds suivis d'un bruit de branches brisées retentissent dans le petit bois. Nicolas apparaît chevauchant Hamburger, le bœuf médaillé d'or au salon de l'agriculture de Paris, que son père ne se résout pas à mener à l'abattoir.

Les quatre ados restent figés sur place.

– C'est un taureau, bougez pas ou il va charger ! crie le chef.

– Pffffff ! soupire Louise. Même pas capable de faire la différence entre un bœuf et un taureau.

– Le dîner est servi ! s'exclame Nicolas.

– On vous le découpe en rondelles ou c'est pour l'avaler tout rond ? ajoute Florian.

Hamburger, qui ne ferait pas de mal à une mouche, lève la queue et laisse dégringoler une énorme bouse fumante qui s'écrase mollement sur une des mobylettes.

– Ma mob ! Il a fait caca sur ma mob !

– Hamburger a des problèmes intestinaux, explique Nicolas. Et il déteste qu'on s'attaque aux habitants du petit bois. Je vous conseille de déguerpir avant qu'il ne voie rouge.

Les barbares terrorisés sont déjà en train de démonter leur tente et, en moins de temps qu'il n'en faut pour le dire, ils démarrent leurs mobylettes et s'enfuient.

– Victoire ! clame Inès, sous un tonnerre d'applaudissements.

Puis elle lève deux doigts en l'air pour faire le « V » de la victoire et s'écrie :

– Nous avons gagné la bataille du petit bois !

Quelques jours plus tard

Lorsque nous arrivons à la pancarte à tête de mort et chaton rose qui avertit les intrus qu'ils entrent sur notre territoire, Victor, dont c'est le tour d'être chef, lève un bras et demande sans se retourner :

– Tout le monde est là ?

– Oui chef ! je réponds en chœur avec Camille, Louise, Florian et Inès.

De là nous apercevons notre nouvelle cabane dans la clairière.

– C'est la plus incroyable cabane qu'on a jamais construite, je dis en la voyant.

– C'est surtout la première cabane en hauteur, avec un escalier en colimaçon, fait Inès. Si haute qu'on peut surveiller les alentours et repérer les intrus à dix kilomètres à la ronde.

– C'est surtout la mieux fortifiée, ajoute Florian. Les Parisiens peuvent venir !

– C'est surtout l'heure du goûter, grogne Victor affamé.

– C'est surtout la plus grande, s'extasie Louise. On pourra y faire entrer tous mes invités le jour de mon anniversaire.

– C'est surtout la plus belle, conclut Camille. Celle que nous avons construite tous ensemble…

L'auteur

Comme n'importe quel bébé très ordinaire, **Frédéric Kessler** est né en 1965, tout nu et complètement chauve.

Après des études à l'École des Beaux-Arts d'Angers, il devient auteur-illustrateur de livres pour enfants.

Il est le papa d'une petite fille de sept ans qui adore les cabanes et il vit et travaille à Paris.

Achevé d'imprimer en France en avril 2011
par l'imprimerie Clerc.
Dépôt légal : avril 2011
N° d'édition : 5386 - 02